AF306064

Réfugiés

PAR ROGER PILLET

PRÉFACE PAR HENRI FOCILLON

A LYON
IMPRESSIONS
DE LA MAISON DES
DEUX-COLLINES
RUE BELLECOUR, 16

RÉFUGIÉS

Souvenirs du Service
des Réfugiés de L...

CET OUVRAGE
A ÉTÉ TIRÉ A 500
EXEMPLAIRES PAR
L'IMPRIMERIE DES
DEUX-COLLINES

N° 

Roger PILLET

RÉFUGIÉS

Préface par Henri FOCILLON

A M. GUSTAVE GEFFROY, AU MAITRE
DONT LES LIVRES NOUS ONT APPRIS
A SENTIR LA GRANDEUR QUOTIDIENNE
DE LA VIE POPULAIRE ET A AIMER LA
BELLE ET DOULOUREUSE MÉMOIRE DE
L'ENFERMÉ, J'OFFRE RESPECTUEUSE-
MENT CES PAGES,

ROGER PILLET.

La mort de Roger Pillet nous enlève
quelque chose de plus que la promesse
d'un talent. Des délicats lointains tou-
chent aux lettres avec une passion
courte, qui se fatigue vite, qui a besoin
de longs repos. Roger Pillet se donnait
à son art, à l'art tout entier, avec la plus
noble plénitude. Il chérissait les maîtres,
il aimait la vie plus encore, elle était
son modèle. La magnifique ardeur des
jeunesses douées le possédait. A toutes
les formes de son activité, elle a conféré
la chaleur, l'éclat et la constance de

son rayonnement. Partout il trouvait matière et stimulation. Professeur, écrivain, citoyen, il était partout un homme qui vit, — avec cette flamme sérieuse, avec cette espèce de rapidité secrète dont nous connaissons désormais le sens et la prédestination.

C'était un Parisien de la bonne race, fine, sensible, spirituelle, bienveillante et gaie. Promis par sa carrière à un long tour de France, il aimait tout son pays, et non pas sa ville seulement. Son savoir de géographe et d'historien lui permettait de comprendre le dessin et les ressources de cette belle terre, et, par la terre, le présent et le passé des hommes, les industries et les négoces des villes, les arts rustiques, les métiers pleins de charme et d'humilité.

Je n'ai pas oublié la soirée où il m'entretint longuement de la Normandie, de ses paysages, de sa qualité morale. Il y avait là une expérience toute d'humanité, supérieure aux livres et aux méthodes des livres, un sûr discernement d'instinct et la plus éloquente poésie. Pillet en a fait passer l'accent dans un récit romanesque et vrai, écrit pour les enfants, mais où les hommes eussent trouvé leur compte, le voyage d'un petit de chez nous, guidé par des génies, à travers les siècles et les territoires de notre pays.

Il avait de la tendresse pour les travaux du peuple, il savait ses vieilles chansons et ses habitudes, il voulait connaître le secret des outils et des mécaniques, et d'abord la manière dont les mains s'y

prennent pour besogner ces jolis mi-
racles. Quelle préparation excellente à
des études d'art ! Ce lettré, aussi ingé-
nieux qu'un autre, capable des plus
heureux développements, voyait à leur
vrai plan les pages brillantes des
esthètes. Sur sa Croix-Rousse, en plein
quartier canut, il était à l'aise pour
mettre au point ses recherches et l'ar-
mature organique de sa thèse de doc-
torat sur Philippe de La Salle, le grand
décorateur lyonnais du XVIII⁰ siècle.
Quel regret pour nous, et quelle perte
pour la science historique qu'un pareil
inachèvement !

Vivant avec flamme cette enquête et
tous ses travaux, il en communiquait
l'ardeur à ses élèves. Ce professeur de
français qui, je ne crains pas de le dire,

a donné à la *Revue Pédagogique* les pages les plus remarquables qui aient été écrites sur ce difficile enseignement, était aussi professeur d'histoire et professeur de vie. Au Musée de Lyon, il venait compléter ses cours. Tous les jeudis, nous voyions arriver avec lui les grands jeunes gens de l'Ecole Normale du Rhône. Cette présence m'encourageait, cette parole chaleureuse et jeune animait tout.

La guerre avait atteint Pillet au cœur de sa vie morale. Il avait été durement frappé dans les siens. Il sentait toute l'horreur et toute l'injustice du conflit, il gardait sa lucidité française et sa fermeté. Dans une existence très pleine et chargée de devoirs divers, il avait fait une large part aux malheureux.

Tous les mercredis, il venait s'asseoir derrière la petite table de l'Hôtel de Ville de Lyon; il accueillait les réfugiés, il s'associait à leurs tristesses désespérées, il les consolait, il les encourageait, il les restituait à la confiance et à l'action. De là l'écho profond des notes qu'il a prises sur cette grande et douloureuse expérience humaine, et qui, publiées une première fois par la *Grande Revue*, paraissent aujourd'hui plus complètes.

A lire des pages comme celles-là, à feuilleter ses articles et ses notes intimes (parfois d'un humour si sensible et si tendre), à récapituler ses jours rapides, dont il accélérait lui-même le cours par la plus noble hâte, on voit que Roger Pillet était de ces jeunes intellectuels à qui l'intellectualité la plus rare et la plus ferme ne suffit plus. De toutes ses forces d'homme, il acceptait les formes les plus énigmatiques et les plus audacieuses de la vie, celles qui déconcertent le plus l'esprit et même les habitudes de la sensibilité ancienne. Il aimait à se plonger dans les courants cachés, à discerner le sens éternel des grandes violences de la société moderne. Il eût trouvé les mots qu'il faut pour dire les choses d'aujourd'hui et de toujours, un rythme capable de traduire le déchaînement des énergies. Poète, il admirait l'indomptable amertume de Verhaeren et son modernisme épique. Biographe imaginaire (1) d'une amoureuse, — une

____

(1) *Les Oraisons amoureuses de Jeanne-Aurélie Grivolin, Lyonnaise.*

jeune Lyonnaise de la Révolution, mystique et sensuelle à la fois, — il exprimait avec personnalité son propre paganisme, ardent, délicat, robuste aussi, et tout chaleureux d'humanité.

Dans cette grande tristesse d'une vie d'homme de lettres brisée avant l'épanouissement des plus beaux dons, ce que l'on doit peut-être ici déplorer le plus de cette moisson perdue, ce sont deux rares vertus, la générosité et la tendresse. Ne vit pas qui veut. Il y faut du courage et des aptitudes. Roger Pillet sut se donner et aimer. Non qu'il se soit jamais abandonné à de vagues et banales détresses d'âme, à cette commodité des faibles, la pitié. Nul n'eut plus que lui le commandement de lui-même. Mais son cœur fut toujours en

bonne amitié avec son esprit. Son existence fut courte : il la vécut passionné-
ment dans tous ses aspects. Que la belle
flamme d'une vie droite, brûlante et
pure, brille toujours sur son nom !

Henri FOCILLON.

RÉFUGIÉS

Ils arrivaient du Nord et de l'Est, recrus de misère, ivres de douleur, ayant encore vivantes au cerveau des visions d'épouvante et d'horreur comme il ne semblait plus possible à des yeux humains d'en contempler.

Ils semblaient résignés, terriblement résignés, comme si les cordes étaient cassées, par où s'expriment la peur, la colère et la révolte.

J'ai appris depuis tout ce qui se cachait, sous cette résignation, de force latente et de courage.

Ils arrivaient en cortèges pitoyables, épuisés, soumis d'avance à toutes les violences du Destin et cherchant seulement autour d'eux, en suppliants éperdus, un refuge où apaiser leur fièvre, une divinité favorable à implorer, un temple où la pitié humaine les accueillît.

Réfugiés, ils ne supplient pas pour arracher des secours ou de l'argent. La République a su faire de l'allocation un droit et la contribution de la nation entière à la misère des exilés.

S'ils viennent à nous, dans cette salle de mairie d'une grande ville, ce n'est pas seulement pour l'aide pécuniaire : ils ont droit ou ils n'ont pas droit à l'allocation et au secours immédiat et le problème est d'ordre matériel. Ce sont des citoyens d'un pays libre ; ils savent défendre leur droit et, pour la plupart, se soumettre, de bon gré, aux bonnes raisons.

S'ils tendent vers nous des mains suppliantes, c'est pour appeler l'amitié, l'amour, la bonté. Ils les referment, transfigurés, quand on a su y déposer sans heurt, délicatement, le don de notre pitié et de notre fraternité.

Pauvres gens ! Ils n'ont souvent plus rien et plus personne ; en entrant dans la misère, ils sont entrés dans l'inconnu et la solitude ; mais ce qui les rend moins misérables, et qui leur ouvre l'espérance, c'est de se trouver en face d'un homme, simplement un homme humain.

Je revois pour longtemps les visages émus de ceux qui me disaient, au seuil de la porte, non sans une délicate hésitation : « Vous êtes un bon Français » (celui-là était belge), ou « Je suis moins malheureux depuis que je suis venu ici », ou « Est-ce que je pourrai revenir vous voir? Je suis si seule », ou encore ce grand blond de mutilé belge qui pleurait de reconnaissance et qui baisait pieusement les mains de Mme S..., une femme de grand cœur et qui sait toucher avec des mains pitoyables la douleur humaine.

Dans notre ville, le service des réfugiés a été logé dans d'anciens appartements impériaux. La misère des victimes de la guerre a pleuré dans la chambre à coucher de l'Impératrice ou dans les salles des gardes, devant de riches boiseries, sous des plafonds où des amours rondouillards s'ébattent dans un ciel bleu.

Et c'est bien ainsi. Non point pour l'antithèse, certes, mais parce que ces salles décorées et dorées, ces fenêtres à rideaux, ces meubles de velours, malgré leur pompe excessive, favorisaient mieux l'éclosion de l'intimité qu'un bureau vulgaire, où toujours le bureaucrate, en dépit de ses efforts, dissimule l'homme.

Et pourtant ils s'intimident parfois, ces suppliants, de la somptuosité lourde du décor. Le temple leur paraît trop riche où ils sont venus chercher la sympathie.

— Asseyez-vous donc, Monsieur, — et je montrais la chaise couverte de velours.

— Oh! non, Monsieur, pensez donc.

— Mais si, voyons.

— C'est bien trop beau.

Très souvent la façon de s'asseoir sur ces chaises « trop belles » révèle un peu de l'âme, humble ou fière, délicate ou grossière, résignée ou violente, presque toujours digne.

Depuis le mutilé belge qui n'a jamais voulu s'asseoir par respect de la dame qui est là et du velours grenat des chaises, jusqu'à cet industriel neurasthénique qui réclamait « son droit » en prenant possession, du derrière et du dos et des bras et des mains, du fauteuil impérial, que de façons diverses de s'asseoir où se trahissent les sentiments de la vie passée.

Il ne s'agit pas d'auréoler de vertu les réfugiés venus à nous. Nous étions bien placés pour éprouver une fois de plus combien le mal et le bien se mêlent dans l'âme humaine et qu'il est difficile à la fois d'être juste et de ne pas être trompé. Mais à part quelques cas exceptionnels, je puis témoigner que les hommes et les femmes réfugiés ici étaient courageux. Ils s'ennoblissaient de résignation active : acceptation de leur misère, soumission à la destinée, mais aussi désir de reprendre la lutte et de recréer ici ce qu'on avait abandonné là-bas : un foyer, une vie laborieuse et la courageuse honnêteté des pauvres gens.

APPARITION

Il venait d'un village des Vosges.

Il était parti quand la guerre était venue. Devant les chevaux, les canons, les hommes armés et farouches, devant la Force, il était parti.

Il n'avait eu qu'à rentrer à l'étable prendre son sac et son bâton. Sac à l'épaule, bâton en main, il était parti devant l'invasion.

Au long des routes il courbait sa taille et traînait son pas, car la route est dure aux hommes de soixante ans, même paysans.

Il allait de ferme en ferme, offrant son travail et couchant dans les granges ou les écuries.

Ainsi d'étape en étape, de fatigue en fatigue, de labeur en labeur, il était venu jusqu'à nous.

C'était un grand vieillard, un peu courbé, aux beaux traits, au regard droit, à grande barbe.

Il est entré et, d'un grand geste, il nous a tiré son vieux chapeau de feutre.

Je me suis levé ; je lui ai tendu la main ; il m'a donné la sienne : une belle main encore ferme et forte de travailleur.

Ce n'était pas seulement un vieillard fourbu et ter-reux qui entrait, c'était Jacques-Bonhomme lui-même, ressuscité.

Je me suis levé, parce que c'était la figure même du peuple paysan qui entrait.

Il venait du fond des temps et sa figure avait à peine changé.

Pourquoi fuyait-il et d'où venait-il ? Qu'importe ? C'était l'homme de la glèbe fuyant devant la force et la violence ; qu'elles soient l'invasion, la guerre ou la brutalité du seigneur ou l'injustice des princes.

Il nous dit des paroles éternelles, de belles paroles d'une voix grave et confiante :

PILLET, *Réfugiés*

3

« Je ne demande rien. Je peux travailler. Mais il y a trop longtemps que je n'ai dormi mon content dans un lit et que je n'ai bu quelque chose de chaud. Faites-moi reposer quelques jours et je travaillerai ».

Et puis il nous a dit son voyage.

Nous avons tout arrangé pour le mieux. Il s'est levé, nous a serré les mains et nous a dit :

« Vous m'avez bien reçu. Ça fait plaisir de trouver du bon monde ».

DOULEUR

Elle est habillée de gris et pourtant, quand elle a passé la porte, elle m'a semblé vêtue de noir.

Avec elle est entrée la Douleur.

Elle a des yeux noirs aux profondeurs étranges et qui regardent fixe et loin. Elle ne pleure pas, sûrement parce qu'elle n'a plus de larmes.

Sa voix est plus triste que toutes les voix jamais entendues, c'est la voix même de la douleur. Basse, sourde, blanche avec par intervalles des sons plus bas, presque rauques, qui n'aboutissent pas, comme s'ils se perdaient dans trop de sanglots ravalés. On dirait qu'elle n'est plus tout à fait consciente tant elle a l'air somnambulique. Sa conscience s'est arrêtée un certain jour, comme les pendules qui s’immobilisent au mouvement des cataclysmes et marquent toujours l’heure fatale.

J’apprends le jour où elle s’est fixée à jamais. Les Allemands et les Français se battaient pour la possession de son village dans l’Aisne. Elle fuyait, au hasard, avec son père, sa mère et ses deux enfants, dans la nuit infernale, parmi l’éclatement des shrapnells, les flammes des gros obus, l’éblouissement des fusées. En quelques instants, elle a vu tomber et mourir quatre pauvres êtres — plus que sa propre vie. Elle n’a eu *qu’une* blessure à la jambe. Elle ne sait plus très bien ce qui s’est passé ensuite. Elle ne sait pas pourquoi elle est dans cette ville.

A ces douleurs elle ajoute l’angoisse de n’avoir plus de nouvelles de son mari. Depuis le 3 août, depuis qu’il l’a quittée, elle ne sait plus rien de lui. Elle le croit mort.

Elle ne geint pas, elle ne récrimine pas. Elle me dit seulement : « Je sais ce que c’est que la guerre ».

Quand elle sort, je crois sentir qu’elle se replonge, farouche, dans un abîme de nuit et de douleur, où peut-être, s’anéantira sa raison ou sa vie.

L'OMBRE DE LA MORT

Elle est pâle, diaphane, exténuée. Sa peau de blonde est bleuie par la pâleur du sang. Elle marche comme une ombre ; elle parle à voix menue, voilée, prête à s'évanouir. Un nimbe de frisons blonds accentue encore son étrange aspect immatériel. Elle tousse avec de petites secousses des épaules et elle tient son mouchoir à ses lèvres en un geste douloureux. Elle n'a presque plus de vie.

Son mari était coiffeur à Anvers. Ils étaient heureux ! Quand les réfugiés de Liège sont venus, ils les ont accueillis. Les Allemands approchaient bien d'Anvers, mais comme on disait qu'il n'y avait rien à craindre, ils restaient. Ils ne sont partis, comme tant d'autres, que le soir du bombardement, parmi l'éclatement des gros obus, à travers les rues où s'écroulaient les maisons, sous un ciel rougeoyant d'incendie. Dans la nuit, leur bateau a heurté un convoyeur et a coulé. On a pu les sauver et les conduire en Angleterre, grelottants et enfiévrés. Ils ont souffert de la fatigue, de la pauvreté, de la faim et du climat. Leurs corps débilités ont été vaincus par la maladie. Ils sont venus ici, à la fois pour trouver du travail et un climat meilleur.

L'homme est garçon de café. On le garde, mais il ne peut pas faire son métier. Il n'en a plus la force.

« En Angleterre, le médecin nous a dit que le mal était à la poitrine. Il faudrait se bien soigner, se nourrir. Est-ce qu'on peut?... On ne peut plus.

Nous étions bien portants et heureux ».

Sa voix s'éteint et elle reste quelques secondes immobile, la pensée reportée à dix mois en arrière, aux jours de bonheur.

Ils étaient heureux, ces pauvres gens! Ils s'épanouissaient dans la paix et chaque journée leur apportait à la fois son travail et sa joie. Ils étaient heureux, ils vivaient simplement, dans la réalité humble et grande de chaque jour. Ils étaient heureux comme tous ceux qui pleurent aujourd'hui un peu partout, et dont les larmes devraient suffire à racheter les hommes pour le reste de la vie de la terre. Ils étaient heureux...

Et maintenant il ne reste de leur bonheur qu'un souvenir amer et d'eux-mêmes que des malheureux qui sentent venir la mort et qui n'ont déjà plus la force de s'accrocher à la vie.

PETITE MAMAN

J'ai un véritable sursaut en lisant sur la fiche : Charges de famille : un enfant.

Je regarde la réfugiée : elle porte bien quinze ans et elle en a dix-sept à peine. Elle a eu son enfant à seize ans et avant terme. Elle n'a pas eu la force de mûrir sa fille dans son pauvre petit corps de gamine torturée. C'est une gentille fillette, petite, ronde, simplette, au visage joli, — mais où, prématurément, des soucis et des souffrances qui ne sont pas de son âge ont jeté une gravité, une résignation et une tristesse infinie. Elle reste droite, rigide, fermée, un peu farouche. Il faut beaucoup de douceur et de sympathie pour qu'elle prenne confiance et pour qu'elle me dise sa pauvre misère du temps de guerre.

Elle est partie de son village de l'Aisne dans la fuite éperdue des jours d'août 1914. Elle a marché longtemps, longtemps, une nuit et puis un jour, jusqu'à ce qu'elle tombe, dans une gare, de sommeil, de fatigue, d'abrutissement.

Elle s'est retrouvée à Paris. Il y a un an, elle est venue ici pour trouver du travail. Une amie l'a prise chez elle, lui assurant le logement et la nourriture, à charge de tenir son ménage et de s'occuper de son enfant. C'est là, dans ce garni, quelques jours seulement après son arrivée, qu'elle a conçu.

Et sur ce visage d'enfant résigné à sa misère, il passe une telle lueur de haine et une telle crispation de douleur quand le souvenir de ces jours jette son ombre dans son esprit, que je me tais, et que j'attends, sans vouloir deviner quelles complicités ou quelles violences ont fait de la petite paysanne confiante une pauvre femme trop tôt femme et trop tôt malheureuse.

Ses épaules ne sont pas assez larges pour une telle misère, pas plus que sa chair n'était assez forte pour enfanter.

PILLET, *Réfugiés*

— Si jeune ! lui dis-je.

Alors, comme elle sent mon amitié, elle me tend instinctivement la main, sa petite main puérile, et pleure sans bruit, sans mouvement du visage, des larmes amères de toute l'amertume de sa vie.

Si jeune, ainsi... sans une douceur, sans une affection, sans l'appui maternel !

Je demande bien doucement :

— Votre petite va bien ?

— Non, il faut qu'elle reste dans du coton. Elle crie. Elle n'est pas forte. J'étais toujours malade.

— Vous avez souffert ?

— Oh ! Oui !

Sa voix reflète encore l'indicible étonnement de cette petite fille devant le martyre d'une grossesse imméritée et la torture d'un accouchement.

Je fais pour elle ce que je peux, j'emploie tout ce dont nous disposons pour adoucir sa peine. Quand c'est fait, elle ne peut se disposer à partir. Il lui faut un effort pour se lever, pour atteindre la porte, pour me serrer la main, comme si elle avait trouvé un refuge, un asile où oublier tous les maux qui la broyent et qui l'attendent au seuil : les souvenirs atroces, l'enfant qui vagit et qui brise le reste de sa force aux petits coups de ses cris de jour et de nuit, la nécessité de ne pas mourir de faim et l'horreur de vivre.

LA RECHERCHE

Voici son histoire, dite d'une voix brève, hachée, pressée, et contée sans détails, comme s'il avait peur de s'attendrir ou de perdre son temps :

— Je suis de Maubeuge. Je suis menuisier. Le commerce allait bien. Il y a quatre ans je me suis marié. J'ai deux enfants : un garçon, une fille. Les Allemands sont venus, on a fait filer les hommes de mon âge sur Saint-Quentin. J'ai été réformé. Je n'avais pas de nouvelles des miens. Alors je suis parti les rechercher. Je recherche ma femme et mes enfants.

Là, il a un coup à la gorge et sa main, appuyée au bureau, se crispe un peu. Ça nous serre le cœur

Nous avons à peine assez de voix pour lui dire :
« Mais comment les cherchez-vous ?

— Je voyage. J'ai fait du chemin ! J'ai été à Paris,
à Caen, à Orléans, à Nantes, j'ai fait tout ce côté-là,
jusqu'à Bayonne. Je suis venu ici par le Midi.
Tantôt à pied, tantôt dans le train. Il faut que je
marche, n'est-ce pas, que j'aille ; sans ça je ne
pourrais plus. Vous comprenez : c'est ma femme et
mes petits ».

Pour la première fois sa voix ralentit et il se répète :
« Ma femme et mes petits ».

Malgré ses voyages, il est resté propre et presque
soigné. Il est jeune, il a une figure ronde et brune,
des cheveux noirs frisottants. Ses yeux devaient être
rieurs et tendres. Toute sa physionomie trahit, je ne
sais trop comment, l'ancienne allégresse de vivre, dans
sa boutique aux senteurs de bois frais, vers sa jeune
femme et ses petits. Et c'est affreusement triste, car
aujourd'hui ses yeux fixes, ses mâchoires contrac-
tées, ses mains toujours mouvantes crient la douleur
du mari et du père, toute la souffrance surhumaine
de ses pauvres amours broyés.

Il nous montre une photo, sans un mot, d'un geste
sec. Il est devant sa boutique où se devine l'établi

et les planches. Il est gai, il tourne ses yeux bril-
lants de vie et d'amour vers une jeune mère, gracieuse, assise près de lui, son dernier né sur les
genoux, tandis que la fillette berce sa poupée.

Pauvre photo pâlie ! pauvre tableau des temps de
bonheur et de paix ! comme vous nous émouvez,
vous qui êtes maintenant, pour cet homme halluciné,
tout ce qui reste de sa joie et de sa raison de
vivre !

Nous lui disons : «Il y a ici un service de recherche,
allez y faire inscrire votre femme et vos enfants.
Vous pourriez aussi utiliser les journaux. Il faut
bien vous dire que tous trois sont évacués et ne
craignent plus rien. Et même s'ils étaient restés
là-bas, dans une grande ville, ils n'ont rien à
redouter aujourd'hui.

— Oui, oui, je sais bien, je sais ; mais voyez-vous,
il faut que je les cherche, je ne pourrais plus sans
ça. Je ne pourrais plus. Depuis un an, n'est-ce pas,
un an ».

Il est parti sans nous entendre, en proie à la puissance de son idée fixe. Il veut poursuivre sa
recherche tragique, son tour de France, où il ne fait

pas l'apprentissage d'un métier, mais de la douleur et peut-être de la folie. Qu'a-t-il trouvé aujourd'hui ? La vie ou la mort ?

NATIVITÉ

Je n'ai pas absolument compris tout ce qu'elle m'a raconté. Elle a un magnifique accent flamand et un français très personnel qui me désorientent. Je regrette de ne pas en avoir gardé le souvenir exact. Cette histoire en jargon franco-flamand est un monument épique, digne de ce temps.

Au mois d'août 1914, sa belle-sœur et elle-même étaient avec leurs hommes sur les canaux des Flandres, quelque part, autour de Gand. Conformément à la marche générale des êtres et des choses, leurs péniches glissaient vers le Sud-Ouest. Un soir les deux bateaux s'étaient amarrés côte à côte, selon la fraternelle habitude, et les bateliers dormaient déjà, quand les obus commencèrent à tomber : Ils venaient de l'Ouest et de l'Est, des Anglais et des Allemands, car les bons bateliers étaient tout juste entre les deux troupes, sur ce pauvre canal nocturne que les uns voulaient traverser, que les autres voulaient défendre, et dont l'eau paisible était crevée, soulevée, vaporisée par la plongée ardente des obus. Les deux couples attendaient la mort dans l'immobilité et le calme, qui obligent peut-être à plus d'héroïsme que l'action, et avec la certitude de ne pas plus compter devant les shrapnells que les branches des arbres, l'eau du canal ou les mottes pulvérisées de la terre natale.

Au petit jour, quand le bombardement fut calmé, ils abandonnèrent les péniches familières et leurs petites maisons blanches en bois peint et ils gagnèrent la campagne en tirant vers l'Ouest. Mais la belle-sœur était enceinte. Des douleurs sourdes lui parcouraient les reins et lui coupaient les cuisses ; elle s'arrêta. Après une hésitation les hommes filèrent rejoindre l'armée anglaise. Les deux femmes entrèrent dans une maison d'un village abandonné. Les douleurs s'accusaient. « Alors, n'est-ce pas, Monsieur, on a compté les mois pour voir. Et alors, ça était bien ça ».

PILLET, *Réfugiés*

Elle fit coucher sa belle-sœur et, dans cette maison inconnue, sur ce lit étranger, au roulement lointain des canons, la batelière commença à crier la douleur d'enfanter. A ce moment, les Allemands arrivent. En fouillant le petit village, ils découvrent les deux femmes. Ahuris et dépassés, ils restent quelques minutes sans opinion devant cette œuvre de vie qui s'accomplit sans vergogne dans le domaine réservé à la mort. Elle en riait, me dit-elle. « Pensez Monsieur, dans le village, il n'y avait pas un chien, pas une poule, il n'y avait que nous deux. Elle qui criait en s'accrochant à la couchette et moi qui préparais l'eau et le linge ». Un officier perplexe mit une sentinelle devant la maison, et le soldat, fusil à l'épaule, veillait sans doute à ce que nul fait de guerre ne soit accompli par cette femme en gésine, cette sage-femme improvisée, voire même par le petit être qui s'annonçait en de si étranges heures et dont le sexe ne s'avouait pas encore.

Elle me dit: « Je voulais elle rie, en lui disant que c'était en son honneur ». Et elle riait entre deux coliques, chaque fois que le soldat passait devant la fenêtre.

Mais les crises se rapprochaient. « Elle commençait à crier comme un cochon, et ça, Monsieur, ça, est signe que ça approche ». Elle l'encourageait, la tapotait, l'embrassait, lui palpait le ventre « pour que ça aide ».

Tout allait bien. L'eau était chaude à point, le linge prêt et le soldat allemand pacifique, quand soudain, en rafale, en ouragan, tombent les obus anglais. Les Allemands surpris, s'enfuient du village, et les deux femmes se retrouvent seules au milieu des écroulements et des éclatements. La patiente tournait vers sa belle-sœur des yeux arrondis de stupeur et d'effroi ; elle ne comprenait pas qu'on put ajouter quelque chose à la douleur qui la déchirait et l'éventrait. La belle-sœur aussi s'affolait un peu et se demandait si tout à l'heure un obus n'allait pas les tuer toutes deux et faire rentrer au néant ce pauvre petit morceau de vie humaine dont le crâne seulement paraissait entre les cuisses maternelles.

Les Anglais tiraient toujours pour plus de sûreté, et c'est à l'éclatement d'un obus derrière la maison, dans la basse-cour, par un cri ultime, un sursaut, une secousse formidable du corps de la mère, que le gamin est tombé sur le lit anonyme. Quand les Anglais sont arrivés, à leur tour ils sont restés longtemps stupides devant cette femme au ventre ouvert qui geignait encore et cette flamande placide qui baignait un petit bout de bonhomme dans un seau à traire.

Un officier est venu. Il a voulu embrasser les deux femmes et l'enfant — et les soldats ont poussé un hurrah. Mais surtout ils ont fait conduire tout le monde à l'ambulance la plus proche. Et tandis que l'accouchée refermait ses chairs et que le gamin tétait et dormait, toute la famille, au hasard des convois automobiles et des rares chemins de fer, gagnait Paris, petit à petit, et venait enfin jusqu'ici.

Aujourd'hui les hommes sont soldats et les deux femmes habitent et travaillent dans notre ville. Ma brave flamande est bien malheureuse parce que les bureaux lui font des ennuis terribles. Elle a eu le tort, n'étant pas mariée légitimement, de prendre tantôt le nom de son ami, tantôt le sien. Et elle, qui s'est tirée des péniches canonnées, qui a fait un accouchement sous le bombardement, elle est vaincue par la puissance occulte des paperasses et pleure de découragement.

J'arrangerai tout bien vite, mais il est entendu qu'elle m'amènera sa belle-sœur et le petit batelier né dans la bataille.

L'IMPASSIBLE

Elle est du Nord.

C'est une grosse fille ronde et grasse, aux yeux bleu-gris à fleur de tête.

Pas d'accent dans sa physionomie, pas d'accent dans sa voix douce, lente, où nulle consonne n'accroche et ne retient le son.

J'obtiens ses réponses sans effort, sans réticences, comme d'une bonne élève à l'école. Mais si je sais la réalité matérielle de son histoire, je ne sais rien d'elle.

Elle a vu l'invasion, elle a vu la bataille, elle est restée en pays envahi pendant vingt mois. Elle a été déportée. Elle a traversé l'Allemagne. Elle a gîté dans des hangars, sous des tentes ou dans des casernes. Elle est revenue par la Suisse. Rien, rien de rien n'a marqué dans son âme ronde et grasse et molle et caoutchoutée comme ses joues. A-t-elle souffert, a-t-elle crié ; des soldats l'ont-ils violentée un soir de lutte et de beuverie ; l'a-t-on insultée en Allemagne, acclamée en Suisse ? A-t-elle haï, a-t-elle gémi ? je ne sais. A-t-elle vécu ?

Elle est là, toujours douce et obéissante, calme et indifférente, comme l'eau grise des canaux de son pays.

Elle aura l'allocation. Elle me remercie doucement. Elle est polie. Elle s'en va, je ne sais rien d'elle. N'avait-elle rien à me dire ?

Ou n'ai-je pas su pénétrer au fond de cette âme ?

L'EPILEPTIQUE

AUX CENT SOUS

Il est laid, tuberculeux et ivrogne. Il rassemble en son organisme lamentable les dégénérescences accumulées et les tares de ses vices. Il sent le vin et l'alcool. Il est hypocrite et papelard. Sa voix se mouille en parlant de la République et sa casquette s'orne d'un sacré-cœur. Il touche à toutes les œuvres : aux réfugiés du Nord, à l'archevêché, à l'œuvre de la gare, au bureau de bienfaisance. Il mendie dans les rues, à la terrasse des cafés, au porche des églises. La guerre a décuplé la charité publique et ce bon professionnel en profite avec une technique souple et sûre. Il habitait près de la frontière belge. « Il était bien considéré. Il gagnait sa vie à faire des commissions aux uns et aux autres ». Il est venu par Amiens, par Paris et Clermont — toujours mentant et mendiant.

— Pourquoi êtes-vous venu ici?

— Pour travailler, monsieur ! répond-il d'un ton noble, en se redressant.

— Eh bien, travaillez-vous ?

Le ton change. Il reprend sa voix de fausse confidence, avec des coups d'œil inquiets vers les portes et les boiseries.

— Je ne peux pas. Je prends des crises et je tousse.

Et sa petite figure rouquine, aux yeux louches, se contracte pour toussoter.

Nous n'avons rien pu en faire. C'est un pitoyable débris. Il s'est abonné au service. Tous les quinze jours, il vient nous taper de cent sous. Il nous arrête dans les rues si nous avons la chance de le rencontrer. Surtout, il ne veut pas entrer à l'hospice. La vie y est assurée, mais la liberté manque — et Dieu sait ce que la liberté représente pour lui de bassesses et de crapule.

Cette fois, la Préfecture veut en finir. Je recommence un interrogatoire inutile. Il bavasse, il ment, j'en suis sûr. Il me fait pitié et m'exaspère à la fois. Je pense aux beaux gars, sains et forts, qui se font tuer. Je lui donne ses cent sous pour ne plus l'entendre ni le voir et pour qu'il mange... s'il ne boit pas tout. — Mais je l'envoie à un médecin qui va nous en débarrasser en l'expédiant, comme il est convenu, dans un hospice départemental. Et je ne peux dominer un méchant rire intérieur quand il me remercie avec ses gestes « lécheurs », car je sais bien que dans vingt-quatre heures il ne pourra plus mendigoter ni se saoûler de petits verres.

SIMPLE DIALOGUE

Le Monsieur. — Bonjour, mademoiselle.

L'Employée. — Bonjour monsieur. Que désirez-vous ?

Le Monsieur. — Mademoiselle, je suis venu vous trouver parce que j'ai l'intention de rendre service à une réfugiée.

L'Employée *s'incline*. — Je vous en remercie, monsieur.

Le Monsieur. — En ce moment, n'est-ce pas, il faut bien rendre service et faire un peu sa part.

L'Employée. — Mais certainement.

Le Monsieur. — Alors, j'ai pensé, ma femme et moi nous avons pensé, à prendre avec nous une réfugiée.

L'Employée. — Avec des enfants ?

Le Monsieur. — Non ! non ! une jeune fille. Elle serait couchée et nourrie.

L'Employée. — De quel âge ?

Le Monsieur. — Une jeune fille ; une jeune fille un peu forte. Elle rendrait quelques petits services. Elle ferait les courses, le ménage. Elle aiderait dans la maison. Elle serait très bien.

L'Employée, *qui commence à comprendre.* — C'est une bonne un peu forte que vous voudriez ?

Le Monsieur. — Non ! une jeune fille qui aiderait ma femme, qui aiderait.

L'Employée, *qui ne veut tout de même pas se tromper.* — Elle serait également entretenue ? Vous comprenez, monsieur, il faut bien que cette jeune fille soit habillée...

Le Monsieur, *surpris.* — Mais, je croyais que les réfugiés touchaient une allocation. L'Etat leur verse bien une allocation ?

L'Employée, *qui n'a plus de doute.* — Mais oui, monsieur.

LE MONSIEUR. — Alors, vous voyez, cela suffirait bien à son entretien.

L'EMPLOYÉE, *très douce*. — Et combien donneriez-vous par mois ?

LE MONSIEUR. — Mais, mademoiselle, j'avais pensé, nous avions pensé, qu'en ce moment..., vous concevez..., chacun doit y mettre du sien. Elle serait là pour sa nourriture et son logement ; très bien, soyez sûre.

L'EMPLOYÉE. — Je n'en doute pas ; mais à ce prix-là, vous ne trouverez personne.

LE MONSIEUR. — Mais l'allocation !...

L'EMPLOYÉE. — A la suite de difficultés, l'Etat ne peut plus payer l'allocation aux bonnes, sauf dans des cas exceptionnels.

LE MONSIEUR, *qui a changé de ton*. — Prenez toujours mon adresse.

L'EMPLOYÉE. — Si vous y tenez, mais je ne vous promets rien.

LE MONSIEUR. — Tout de même ; en ce moment !...

L'EMPLOYÉE, *qui a ecrit*. — Voilà, monsieur. Je vous remercie.

LE MONSIEUR. — Au revoir, mademoiselle.

BOURGEOIS

—Asseyez-vous, je vous prie, Monsieur, Madame !

Ils s'inclinent et s'assoient. Elle s'enfonce dans un coin, maussade et honteuse. Il s'installe sur la chaise en face de ma table, y carre son corps gras et bedonnant et me sourit, comme un vendeur à son rayon. J'interroge.

« Comment êtes-vous venus ici ? »

Alors il tousse, retrousse ses manches comme s'il avait encore des manchettes et dit :

« Monsieur, si vous permettez, je vais vous raconter notre histoire — et sortant des papiers qu'il pose fermement devant lui — et avec preuves à l'appui ».

Je tremble. Je connais le genre. J'en ai pour trois quarts d'heure au moins et pour peu que sa femme conteste et qu'ils recherchent ensemble la vérité fugace, ça durera une heure et demie. Je sais aussi qu'il n'y a rien à faire et je me résigne.

— « Monsieur, j'ai fait fortune dans le commerce. Nous étions retirés. J'avais une belle propriété, une propriété de 120.000 francs. (Il me montre la preuve et se lance dans une histoire compliquée : des effets de l'invasion sur l'administration des contributions directes et le paiement des impôts).

J'avais en location dix-neuf maisons autour de ***, et trois en ville. Quand les Allemands sont arrivés, nous avons dû filer comme nous avons pu, nous deux et une bonne. Ce que nous retrouverons, je n'en sais rien...

Soupirs de la femme... mais elle n'intervient pas.

— En partant, j'ai sauvé une vieille femme, et comme les Allemands tiraient, j'ai écopé d'un shrapnell. Les Allemands m'ont chipé mon auto (il montre la preuve). Monsieur j'avais 1.800 francs sur moi et 4.000 francs dans une banque ; j'ai pu les toucher à Paris.

Je dis à ma femme : « Ça ne durera pas longtemps : allons au bord de la mer ». Nous voilà à Fécamp. Nous louons une villa à moitié prix, nous nous installons. Mais monsieur, ça durait, ça durait. Nous avons dû renvoyer la bonne et quitter la villa.

Depuis nous errons. Il y a eu un moment terrible. Nous avons couché dehors, nous portions des vêtements innommables et nous traînions des savates éculées.

Soupirs de la femme.

— Je croyais pouvoir me placer à Paris, dans une maison de commerce. Rien à faire. A Orléans, rien ; au Mans, rien ; à Angers, rien. Nous sommes arrivés à Nantes. Et là, Monsieur, j'ai eu une idée...

Il prend un temps, me regarde, repousse ses manchettes imaginaires.

— Voici. Quand nous habitions le Nord, voyez-vous, nous étions riches, et dans les fêtes de charité, ou dans les soirées, on me demandait toujours d'aller faire quelques tours de prestidigitation ; j'aimais ça, ça attirait du monde et ça m'amusait. Quoique amateur, je suis d'une jolie force. Sans me vanter, je suis un artiste dans la partie. Eh bien, Monsieur, c'est en voyant à Nantes une affiche de prestidigitateur que l'idée m'est venue d'en faire autant. J'ai obtenu l'autorisation de jouer dans les cafés, et j'ai donné des séances. J'ai gagné ma vie.

Nouveau soupir de la femme.

— Nous avons été à Bordeaux, à Nice, à Toulon. Ah ! Monsieur j'en ai gagné à Toulon et à Nice. J'ai pu faire imprimer un petit traité que je vends 3o centimes. Ça rapporte assez bien. A Nice, en arrivant, je suis allé dans un café où il y avait représentation. J'ai vu l'homme et je peux dire ceci : c'est que j'étais plus fort que lui. Je serais bien resté à Nice, mais on a fermé les cafés. Nous avons repris la route. Et nous voilà. Depuis trois semaines je n'ai rien fait. En quinze jours j'ai gagné 12 fr. 65. Nous recommençons à ne pas manger. Ici je me débrouillerais bien, si je pouvais obtenir l'autorisation de donner des représentations dans les cafés, sur les marchés, au coin des ponts. Ça irait.

J'aimerais bien aller aussi dans les établissements d'enseignement. Dans une pension, quatre-vingts élèves ont acheté mon petit traité, et le directeur, quand je suis parti, m'a glissé vingt francs pour boire à sa santé.

Voilà ».

Il repousse ses illusoires manchettes d'antan, se tasse sur sa chaise et me regarde, souriant et fier. Il a l'air de dire : « Hein ! est-ce épatant, ça. Regardez-moi bien. Moi le gros richard du Nord, le bonhomme à larbin, à auto, à château, je ne crève pas de faim parce qu'autrefois, dans les temps lointains de la paix, pour la joie sceptique des gens aisés et le problématique profit des pauvres, je tirais des sous d'un pied de table, je cuisais une omelette dans un chapeau et je faisais sortir des drapeaux innombrables d'un vieux mirliton ».

Et je le regarde, ce compatriote, ce gros, que les misères ont à peine fondu. Je le vois en habit, dans un salon chaud et lumineux, devant l'auditoire charitable et papotant ; je le vois aussi au coin d'un pont où souffle une bise aigre, appelant les chalands devant son tréteau pitoyable.

Et il a 60 ans, ce vieux-là. Et pendant que sa femme soupire, geint, évoque les uhlans et pense à leur bicoque de 120.000 francs, lui fait des tours de passe-passe, vend son traité mirobolant et se tire d'affaire.

Et le mieux : il a l'orgueil du métier, de son art ! Ma foi, j'avais bien envie de rire, à cause de la faconde et des manchettes évanouies, mais quand toutes choses furent arrangées et qu'il s'est levé pour partir, je lui ai serré les deux mains avec affection, avec respect.

CELLES QUI N'ONT PAS L'HABITUDE

Elles entrent toutes deux dans un bruissement d'étoffes soyeuses et un parfum subtil emplit la pièce. Je suis salué, embaumé, enveloppé de compliments, de paroles, charmé de sourires.

Des bras laiteux et ronds, des mains où brillent des bagues me tendent des papiers : livret de famille, passeports, photos, visas de consuls. Je laisse faire, je n'ai plus rien à dire. Sans que j'interroge, elles me content leur histoire, en un papotage endormeur, où l'une corrige, précise ou amplifie l'autre. L'une a un soupçon d'accent flamand, à la fois chantant et rude. Elle est d'origine belge ; elle habitait Bruxelles, où elle avait épousé un Français, directeur d'une importante maison de commerce. Elle est grande, blonde et assez belle, d'une beauté un peu épaisse et forte, mais qui ne manque pas d'allure. L'autre, sa belle-sœur, est grande aussi, mais pas jolie et assez mal bâtie. Elle serait sympathique si une toilette de « grand chic » n'accentuait l'absence de charme.

Elles ont quitté Bruxelles pour Anvers, puis Gand, puis la France, se butant aux troupes anglaises à chaque pas, repoussées ici, rejetées là, allant à pied, parfois en chemin de fer, une fois en automobile, grâce à l'amabilité d'officiers anglais — ici toutes deux se regardent et sourient à leurs souvenirs —. Elles ont même connu les vagons à bestiaux ; elles ont séjourné à Paris et sont venues ici, sans bien savoir pourquoi.

Elles voudraient l'allocation.

— « Vous voyez, Monsieur, nous sommes réfugiées tout comme d'autres. Nous avons bien un peu d'argent, mais ça va vite et nous avons déjà beaucoup dépensé. Je n'ai pas de nouvelles de mon mari. Il doit être prisonnier ».

L'autre reprend : « Nous avons bien souffert, Monsieur, déjà. C'est dur, vous savez, quand on n'a pas l'habitude. Les gens des classes pauvres, les ouvriers, ont moins souffert que nous.

— Evidemment, dis-je, ils ont l'habitude.

— Mais oui, Monsieur. Ah! C'est un changement!

— Et vos ressources? En avez-vous pour longtemps?

— Oh! non, Monsieur.

— Et quand elles seront épuisées?

— Ah!

Elles se regardent comme si elles y pensaient pour la première fois et un peu de gravité leur vient. Elles disent :

— Peut-être qu'avec l'allocation?

— L'allocation! mais c'est vingt-cinq sous par jour! pour vous deux, cinquante sous!

— Mais comment donc faire?

Elles n'ont pas encore compris la situation.

— Ce qui vous aiderait le mieux, ce serait encore de travailler.

Cette fois nous sommes très loin des papotages gracieux du début. Elles commencent à saisir et une grande inquiétude les pénètre. Elles se rapprochent l'une de l'autre et toutes deux du bureau. Elles commencent à ressembler aux réfugiées. A mon tour, je parle ; j'essaie de leur rendre confiance et de les amener doucement à accepter l'idée de travailler.

« Mais, Monsieur, nous ne savons rien faire, nous ne connaissons pas de métier ; qui aurait pu penser ! Vous croyez que cette guerre ne finira pas ? »

Elles restent effrayées devant la vision d'un métier. Elles doivent apercevoir des choses horribles : de grandes salles surchauffées où ronflent et tournent des machines brillantes, huileuses et dangereuses ; des hommes au torse nu, haletant devant des fournaises ; des femmes exténuées, sans grâce et sans parfum, tout leur charme détruit par les tours, les perceuses ou les limes et par la hantise du salaire. Pour elles ce sont des visions de travaux forcés, forcés par le besoin de manger. Peut-être n'ont-elles pas tort. Mais il y a quelque chose d'une ironie supérieure dans l'effroi de ces deux belles oisives devant l'image précise de la possibilité du travail.

J'essaie d'adoucir : « Nous vous trouverons quelque chose de très bien. Passez au bureau de placement, on s'occupera de vous. Et puis, ne restez pas à l'hôtel. Il faut ménager vos ressources. Revenez donc nous voir. Vous écrivez bien, Madame? Oui! Eh bien ! des écritures ! cela vous plairait-il ? Et vous, Mademoiselle, vous avez le brevet, nous pourrons vous aider à obtenir un poste d'institutrice ; vous verrez, c'est très amusant de faire l'école. A la rigueur, vous seriez vendeuse dans un magasin ? »

Hélas! Je dore la pilule. Nous ferons bien ce que nous pourrons, mais à moins de chance particulière, il leur restera surtout la ressource de l'usine de guerre. Elles y connaîtront la souffrance, mais elles y découvriront peut-être l'âpre beauté du travail et le courage des travailleurs.

Elles sont un peu rassérénées quand elles se lèvent. Les amabilités reprennent et de nouveau les parfums se volatilisent aux mouvements des bras remués, des gants boutonnés, des fourrures replacées, des sacs refermés. Tout de même ce n'est plus le bel entrain de tout à l'heure. Il y a dans leurs yeux une gravité nouvelle et une inquiétude : pâle reflet de celles qui brûlent au regard des mères ouvrières, des jeunes filles souffrantes, de toutes celles qui ont

« l'habitude » de la misère ou du métier, qui sont
ainsi sans effort et seulement avec un nouveau souci,
au niveau des misères de l'heure, mais pour les-
quelles nous éprouvons du respect, de l'admiration
et une affection fraternelle.

LE MINEUR

C'est un bon ouvrier mineur, un bon ouvrier de France. Ardent malgré son âge, courageux, bien parlant et tout de suite à égalité avec son interlocuteur, comme il convient à un citoyen.

Il s'était engagé ; il a fait campagne dans les Vosges parmi les alpins — et cet homme de cinquante ans devait faire un bel alpin avec sa musculature tassée, sa figure ferme aux traits accentués et sa courte barbe carrée, noire et grise. Une blessure au bras, la fatigue physiologique l'ont fait réformer. Il est venu ici pour travailler aux usines de guerre. Il m'explique ce qu'il espère de moi.

« — Je ne veux pas l'allocation, mais comprenez-vous, à l'usine, ils paient au mois, et je n'ai rien, rien.

Quelle misère ! J'ai couché à l'asile de nuit, mais ça ne peut pas durer ; et puis, il faut bien que je mange et que je m'habille. Au vestiaire, ils n'ont presque rien pour homme et surtout pas de chaussures, et mes chaussons ne suffisent pas. Pensez, je suis au four, les escarbilles me sautent aux pieds ; ça vous dévore comme des bêtes ! Il faut des sabots. Si vous pouviez me donner un secours, ça ne serait qu'une avance.

— Alors vous nous rembourseriez sur votre paye ?

— Bien sûr. Il y en a qui en ont besoin, n'est-ce pas ?

— Oui ».

Nous continuons la conversation. Il parle de son métier et pour me montrer comme il travaille dans les petites . veines, il s'allonge par terre, avec la légéreté et la précision de l'habitude, et feint les gestes du mineur, sous le canapé impérial.

« — Qui est votre député ?

— C'est M. Durre ! Il est bien gentil ! c'est un bon socialiste.

— Vous êtes socialiste ?

— Je crois bien. Le socialisme, voyez-vous, c'est lui qui sauvera le monde.

— Il n'a pas empêché la guerre.

— Non; mais nous n'étions pas assez forts. C'est venu trop vite. Ceux qui ont fait le coup ont bien senti qu'il était temps. Dans vingt ans, ça n'aurait plus été possible. Mais c'est l'avenir, c'est l'avenir! »

Et ses yeux, ses traits solides se tendent vers cet avenir qu'il entrevoit au-delà des jours actuels. Une certitude, une force d'espérance émanent de ce rude mineur qui a médité ses rêves de justice humaine au fond des galeries de houille, parmi les vieux sols primitifs de la planète et qui persiste à les évoquer aujourd'hui, quand il y aurait tant de raisons de désespérer des hommes.

Il ne sait comment me remercier. « Je vous apporterai un souvenir, un porte-crayon et un porte-plume faits avec des balles allemandes ».

Il me tend la main, largement, et me dit en riant: « Et vive la sociale! malgré tout! »

« TRAGÉDIENNE ! »

Gracieuse et sérieuse, elle salue avant de s'asseoir.
Je regarde la fiche que l'on m'apporte. Elle s'appelle
Julia Bartet, et le secrétaire du service me dit :
« Un joli nom de tragédienne. »

Il dit bien. Elle sourit, mais ses grands yeux noirs
restent tristes.

Nous causons. Elle me raconte comment elle est venue
ici, depuis son petit coin du Pas-de-Calais, où elle
vivait avec son enfant ; la fuite éperdue à travers les
rangs anglais devant la menace allemande — les
trains où l'on avait la fièvre — l'ahurissement de
l'arrivée à Paris — le nouveau départ vers le Sud-
Est où elle fut hospitalisée dans une petite ville.
Elle est venue ici pour tâcher de travailler. On ne
peut pas vivre avec l'allocation.

« — C'est un garçon que vous avez ?

— Oui.

— Quel âge a-t-il ?

— Quatre ans.

— Vous êtes seule ?

— Je suis veuve » — et elle me tend son livret de famille.

Elle s'est mariée à seize ans et demi ; à dix-sept ans elle était mère. A vingt ans, elle était veuve.

Je regarde sa jolie figure attristée où il y a trop de douleur pour tant de jeunesse. La guerre n'a pu lui apporter que de la fatigue, de la souffrance du corps et de l'inquiétude pour son enfant, car le malheur était déjà sur elle. La grande tragédie de sa vie était jouée.

« Mariée si jeune ! » dis-je, me parlant à moi-même. Elle baisse la tête comme une fillette.

« Et un enfant de quatre ans ! » Elle baisse encore la tête, comme si c'était mal — J'essaie de rire : « Oh ! ces filles du Nord ! » — Mais je suis un maladroit, cela sonne faux et elle s'immobilise dans sa timidité.

Alors je lui prends la main : « Il ne faut pas baisser les yeux. C'était bien courageux d'être mère à dix-sept ans et bien beau ! — et c'est si triste d'être veuve à vingt ans ».

Elle relève la tête. Ses yeux sont en larmes, mais cette fois elle sourit, confiante. Elle a tant de grâce, de jeunesse et de douleur — de douleur inconsolable — que je sens atrocement l'inutilité des paroles et que je voudrais être grand-père pour l'embrasser.

Les formalités sont remplies, les indications utiles données. Elle se lève.

« — Au revoir, Madame.

— Au revoir, Monsieur, je vous remercie bien de vous occuper de moi ».

Elle s'en va. Et c'est encore le sourire en larmes, qui n'a pas besoin d'être d'Andromaque, pour nous crever le cœur.

Un joli nom de tragédienne ! Oui, certes, mais quelle tragédie que sa vie — la vraie, simple, poignante tragédie des rêves, des espoirs, des amours humains en proie à la Mort.

OUVRIÈRE

Elle n'a consenti à venir ici, retrouver ses parents, que le jour où le médecin de Paris l'a menacée d'écrire à son père. Il ne faut plus qu'elle travaille, sa santé est trop durement ébranlée et menacée.

Elle était forte, mais la guerre est venue.

Sauf le fils aîné, soldat, toute la famille : ses parents et son frère, s'est enfuie de la petite ville de l'Est, proche la frontière, où ils vivaient en ouvriers laborieux, économes et aisés. Ils se sauvaient pour éviter ce que l'on appelle, depuis qu'il y a des hommes, les horreurs de la guerre : le second fils a dix-sept ans, la mère est encore jeune et la fille est gracieuse. Ils sont restés quelques mois à Paris, puis les deux hommes et la mère sont venus ici, mais la fille est restée. Elle avait du travail là-bas. Elle était contrôleuse-pointeuse dans une usine et comme elle était « de nuit », elle gagnait bien sa vie. Oui, mais auparavant, elle avait été aux poudres et aux tours, et même à son travail facile « de nuit », ce n'était pas tant « sa vie » qu'elle gagnait pour sept francs par jour, c'était peu à peu la mort.

Sur l'ordre formel du médecin, elle a dû s'arrêter, elle a dû venir ici pour se faire soigner et dorloter par sa maman. Elle regrette ses forces disparues, elle regrette surtout de ne plus pouvoir travailler. Elle souffre beaucoup d'une entérite chronique, et elle tousse ; mais elle a pris goût au « métier », à la dignité et à l'indépendance qu'il confère. Elle se « ronge » d'être redevenue la petite fille qu'on soigne et de n'être plus l'ouvrière libre et forte. Elle rêve d'un métier plus facile et plus doux, mais qui soit un métier. Elle pense utiliser son repos forcé à apprendre la « sténo », la machine à écrire et l'anglais. « C'est un bon métier, pour une femme » me dit-elle. Elle a du mépris pour son petit travail de brodeuse de mouchoirs d'autrefois.

L'amour du métier, cela seul peut animer son visage si mélancolique de gentille grande fille.

souffrante qui se souvient des jours où ses poumons étaient sains, ses membres forts et ses épaules droite .

Et je songe en la voyant si courageuse et si « ouvrière », aux deux femmes parfumées qui n'avaient pas l'habitude de la misère et qui s'effrayaient du travail comme d'une condamnation.

PILLET, *Réfugiés*

LA RIEUSE

C'est une grosse fille vêtue en paquet, d'une jupe bleue et d'une casaque rose, sur des mollesses de chair que rien ne soutient. C'est une grosse blonde à cheveux jaunes, plantés raides et bas sur le front.

Elle a de petits yeux sans vie dans une trogne en pâte épaisse et sans frémissement, un gros nez épaté dont la racine s'aplatit entre les arcades sourcillères rétrécies, une bouche adipeuse et lourde.

C'est un pauvre être dont le cerveau est embrumé par les ignominies héréditaires, par de sombres atavismes, au point d'être plus opaque et plus lourd que celui d'un primitif et de ne pas même projeter aux yeux et au visage de cette malheureuse, comme à la face d'un chien, la splendeur momentanée d'une sensibilité humaine.

C'est une pauvre fille qui rit quand elle ne sait pas répondre, pour tenter de dissimuler son ignorance, ses amnésies, sa bêtise. A chaque question, elle est secouée d'une convulsion brève qui commence soudainement et finit de même. Cela ressemble à un aboiement, à un roulement de gorge de chat en colère, à un grognement ; cela s'enroue, s'engorge, s'étrangle, comme l'eau qui s'enfle dans une gouttière obstruée ; cela s'écrase dans sa bouche comme si elle se gargarisait maladroitement d'un breuvage épais ; cela n'a rien du rire humain : ni le sourire des lèvres, ni l'apparition mesurée des dents, ni l'étincelle des yeux. Ce rire est triste, exaspérant, douloureux.

Une femme qui la loge me résume ses aventures.

Elle était bonne dans un café à B... Le bombardement l'a fait fuir. En route elle a rencontré des femmes de mauvaise vie qui l'ont entraînée jusqu'ici. Elles se livraient de concert à la prostitution. La police l'a ramassée un soir, dans une rue sinistre ; on ne l'a pas gardée. Elle était venue loger chez cette femme qui l'emploie aux gros ouvrages, dans son hôtel meublé. Elle voudrait l'allocation des réfugiés.

Il y a dans ce récit des trous inexplicables, des incohérences louches. Mais les réticences de l'une, la bêtise de l'autre m'empêchent de rien tirer au clair.

La logeuse répète : « C'est une bonne fille, vous savez, pas méchante, mais elle se laisse entraîner.

Elle n'a pas de volonté, pas un sou de volonté ».

Je m'adresse à la fille qui répond quand elle peut.

« — Vous étiez servante à B...?

— Oui, Monsieur.

— Pourquoi êtes-vous partie ?

— Les obus, Monsieur.

— Quand êtes-vous partie ? Y a-t-il longtemps ? »

Elle a l'air de chercher, mais ne trouve rien dans son esprit solidifié et éclate de rire.

« — Vous n'avez pas de famille ? »

Elle rit. La logeuse me souffle : « Elle vivait avec quelqu'un.

— Vous aviez un ami ?

— Oui, Monsieur, un italien.

— Italien ?

— Il est soldat français.

— Alors il est naturalisé ? — Elle rit.

— Vous étiez avec lui depuis longtemps ?

— Quatre ans. — Mais c'est prononcé avec tant d'incertitude que j'en doute. C'est peut-être le nombre maximum auquel elle atteint, semblablement aux peuplades australiennes.

— Des enfants ?

— Oui, Monsieur, deux ?

J'en reste stupide, elle croit que je doute et elle affirme : « oui, deux ».

— Vivants ?

— Non, Monsieur.

— Quel âge avaient-ils ? »

Elle rit. J'insiste : elle rit encore.

J'en sais assez. L'affaire ne nous concerne pas. Il s'agit désormais d'allocation militaire.

Je donne à la logeuse les renseignements nécessaires et elles s'en vont.

Mais j'avoue que ce rire m'a longtemps obsédé et que je garde encore à l'esprit l'image de l'épouvantable rieuse qui ne sait plus combien de temps elle a vécu avec son amant ; qui ne se souvient même pas de son âge, ni de celui de ses enfants, ni du jour où sa chair s'est ouverte pour laisser venir au monde, pour peu de temps, de lamentables petits êtres, issus de ses horribles amours.

LE RETOUR

« — Vous venez des pays envahis, Madame ?

— Oui, Monsieur, et bien contente d'être revenue.

— Les Allemands vous ont évacuée ?

— Oui. C'est-à-dire que j'ai demandé à partir. Je savais que mon mari était ici et puis mon aîné allait avoir quatorze ans et à ce moment-là, je n'aurais pas pu partir ».

C'est une brave maman d'une quarantaine d'années, de figure franche et amicale, où les soucis et la fatigue ont marqué, mais où se devine encore la grâce et la vivacité de la jeunesse.

« — Nous demeurions près de Lille. Chez nous il y a des fabriques de bonneterie et de céramique. La ville occupait là des femmes qu'elle rétribuait. Les Allemands n'étaient pas insolents, ils ne nous faisaient pas de méchancetés. Mais c'est la liberté qui manquait. C'est comme si on n'avait pas été dans son vrai pays.

— Votre mari a dû être heureux de vous revoir?

— Figurez-vous qu'il n'était pas prévenu. Il savait seulement que nous essaierions de revenir. Nous sommes arrivés hier sans crier gare. Il était au travail. La propriétaire nous a fait attendre chez elle pendant qu'on allait le prévenir à l'usine. Quand il est entré, les trois petits se sont mis à pleurer de revoir leur père, et lui aussi, mon homme, il pleurait.

— Et vous?

— Moi aussi, bien sûr! »

Et rien que d'y penser elle en a les larmes aux yeux.

Elle sourit: « Ma foi, devant la propriétaire, nous nous sommes embrassés comme des bons amis, comme des amoureux. A notre âge, croyez-vous? »

Un moment, elle reste silencieuse, toute émue, vaguement souriante, comme si elle ne pouvait revenir au moment présent. Elle m'oublie, elle n'est plus ici dans mon bureau, mais vers son homme enfin retrouvé, dans ses bras, sur sa poitrine affectueuse. Je fais mine d'écrire pour ne pas troubler sa vision.

Enfin elle se lève, et tout en me serrant ma main, elle suit son idée : « Mais pensez-vous aussi, depuis plus de deux ans ! »

EN PAYS ENVAHI

— Oui, Monsieur, il y a déjà longtemps que je suis ici, mais mon mari était dans une usine. Je n'avais besoin de rien. Maintenant il retourne au dépôt, alors je viens pour l'allocation. Je vais être seule avec mes deux enfants.

Je regarde la fiche : « Vous avez été rapatriée par l'Allemagne ?

— Oui, Monsieur, dans les premiers convois.

— Vous étiez restée dans le Nord pendant l'invasion ?

— Oui, Monsieur ; vous comprenez je n'ai pas pu partir, j'étais à la veille d'accoucher. Quand les Allemands sont arrivés à T..., le petit que voilà avait neuf jours. J'avais bien peur, allez.

— Avez-vous eu à souffrir ?

— Je ne peux pas dire ça, mais j'ai eu si peur que je n'étais pas forte du tout et que je n'ai presque pas eu de lait.

Pensez donc ! Vous savez, ils avaient dit que si un coup de feu était tiré, la ville serait brûlée. Eh bien ! il y avait dans la maison, au deuxième étage, un commandant saxon, moi j'étais au premier, dans mon lit, le petit dans son berceau. L'aîné était chez ma sœur. En bas, il y avait des soldats saxons. Tant qu'ils ont été seuls, ça a bien été, mais le lendemain, les Prussiens sont arrivés. Ils ont voulu la place des Saxons. Ils se sont battus et ils ont tiré des coups de revolver. Alors je me suis levée, j'ai enfilé un peignoir et je suis montée chez le commandant. J'étais blanche de peur.

Je lui ai dit : « Monsieur, ce sont les soldats qui tirent. Vous les entendez. On ne pourra pourtant par dire que c'est moi. » Cet homme a eu pitié de moi. Il m'a dit : « Descendez vite, Madame, allez vous recoucher et n'ayez pas peur. J'y vais. » Il est descendu. Il leur en a dit ! Je ne comprenais pas, mais je devinais bien qu'il les traitait dur. Puis il les a mis à la porte ; il a fait poser un écriteau avec

de l'allemand dessus et nous n'avons plus eu de
soldats. J'ai été bien tranquille. Mais comme j'ai eu
peur ! Aussi le pauvre petit n'a pas eu de bon lait.
Il avait des coliques et criait tout le temps. Moi
aussi ça m'a bien affaiblie. Je ne me suis pas bien
remise de ma couche. J'ai été contente quand j'ai
pu venir ici ».

Elle est encore bien pâlotte et son petit bonhomme
aussi. Mais au moins le bébé n'est pas demeuré
mélancolique. Il me rit aimablement tout en faisant
de magnifiques efforts pour attraper l'ampoule élec-
trique, pendant que nous réglons les allocations.

Et je pense que c'est peut-être la peur, la décision
et la situation émouvante de cette frêle petite femme
qui ont épargné à une ville du Nord le pillage et
l'incendie et qui ont sauvé ses habitants des violences
et de la mort.

ROMAN

C'est un roman, mais un roman du temps de guerre, c'est la « vieille histoire », mais rajeunie par les circonstances, que me raconte cette petite jeune femme à figure rondelette pas très jolie, mais où vivent deux yeux rieurs et malicieux de chaque côté d'un petit nez tout rond. Elle paraît gaie, un peu hurluberlu et trop confiante.

Dès que les premiers obus tombèrent sur B..., ses parents l'envoyèrent à Paris, dans leur famille. Eux-mêmes vinrent, quelques mois plus tard dans notre ville.

Or celui qu'elle aimait, « sans qu'il y ait jamais rien eu entre eux », à peine quelques paroles, fut blessé et soigné ici, dans un hôpital. Il lui demanda de venir le voir. Elle vint. Il guérit. Et comme il avait pour l'émouvoir, outre ses paroles d'amour, tonte la pitié qu'inspire celui qui a souffert et qui doit repartir au feu, toutes ses raisons de se refuser abdiquèrent, elle se donna.

Il partit et ne manqua pas de prononcer le serment d'usage. Elle retourna à Paris. Il revint dans une usine; elle crut son bonheur assuré. Mais quand elle lui apprit qu'elle était enceinte, il cessa d'écrire. Elle comprit ce qu'il était et ce qu'il avait voulu d'elle. Elle eut le courage de ne lui écrire que ce que sa dignité lui inspira.

Son père lui signifia de ne plus avoir à compter sur lui: « Ceux qui font des enfants, les élèvent. » Il prononça naturellement toutes les paroles qu'une tradition et d'immuables préjugés dictent aux pères de famille en de telles occurences. Elle n'insista pas et brisa net avec sa famille.

Elle mit sa fille au monde à la Maternité, elle l'allaita, elle l'éleva. Dès qu'elle put, elle se mit au travail, d'abord dans une usine, puis aux tramways. Cette fille de commerçants aisés qui n'avait jamais fait qu'une part insignifiante du travail de ménage ou de mièvres broderies dans la rêverie paresseuse de l'esprit, au bord de la croisée provinciale, cette demoiselle dorlotée par sa maman et mignotée par son père, releva le défi paternel, sut ordonner sa vie malgré les difficultés d'un début de maternité et d'un exil à Paris et réussit à assurer son existence et celle de son enfant. Elle y gagna l'indépendance et le sentiment de sa force.

Elle est pourtant revenue ici pour céder aux prières de sa mère, une bonne maman qui souffre à la fois de la rigueur du père et de la dignité de la fille et qui voudrait tant câliner sa petite-fille.

Elle est arrivée hier, mais elle est prête à repartir à la première parole désagréable du père. Elle n'entend point être à sa charge. Elle fait plaisir à sa mère et c'est tout. Pour assurer le reste, elle a déjà obtenu une place aux tramways de la ville.

Je demande : « Pensez-vous que votre père restera intraitable ?

— Oh ! ça m'est bien égal. Je ne lui demande rien. J'ai fait une bêtise, c'est entendu, mais c'est moi qui ai souffert et travaillé, n'est-ce pas ? Alors ? mais, au fond, il n'est pas si terrible que ça ; quand il croit que je ne le vois pas, je le surprends à caresser la petite.

— Elle est gentille, votre petite fille? Elle se porte bien ?

— Oh ! oui ».

Il y a dans sa voix toute la joie des maternités heureuses, tout l'orgueil de l'œuvre dure accomplie toute seule dans la souffrance et le travail. Il n'y a pas que de la malice et de la gaieté dans cette ronde petite tête, il y a le goût de l'indépendance, le sentiment de la dignité, le courage et mieux encore l'allégresse de vivre, même quand la vie est méchante et traîtresse.

RÉVOLTÉE

Je sais bien qu'elle me cache quelque chose, qu'elle arrange une histoire et je voudrais bien pouvoir m'en contenter ; mais il faut des papiers et une situation qui justifie l'allocation. Je lui explique cette nécessité.

C'est une receveuse de tramway, une femme du Nord, arrivée pendant le grand exode de 1914. Elle paraît trente ans, elle ne les a pas, elle porte l'âge de sa fatigue et de ses soucis. Son visage déjà meurtri reste aimable malgré l'irrégularité des traits.

Elle a de beaux yeux bruns, curieusement fendus et un embonpoint accusé d'agréable façon par la blouse d'uniforme. Elle semble à la fois décidée et désenchantée.

Elle me dit enfin : « C'est bien simple ; je suis seule maintenant avec mon petit de trois ans et demi. Mon mari est revenu du front, il y a trois mois. Il a été réformé. Il y a quinze jours, il nous a lâchés, il est filé après avoir tout vendu : le peu de mobilier que j'avais acheté et les vêtements, même ceux du petit. Il a même donné dédite du loyer. Il a fallu retourner au garni.

... Pourquoi il m'a quitté! Ah!

... Qu'est-ce que vous voulez, mon mari est plus vieux que moi. Il m'a connue toute petite, j'avais onze ans. Quand je me suis mariée, je n'avais pas dix-sept ans. J'étais une gosse. Il me battait. J'encaissais ça comme des caresses. Mais j'ai été deux ans toute seule ; j'ai trimé, vous savez, pour vivre avec mon petit ! Quand il est revenu, il a voulu recommencer. Mais moi, je n'ai plus voulu, vous comprenez. Je savais ce que c'était d'être sa maîtresse et j'avais trop travaillé pour avaler ça. Lui, ça l'a rendu fou. Il a failli me tuer : j'ai le certificat du médecin. Le commissaire m'avait dit de le poursuivre en correctionnelle, que ça ferait avancer le divorce ; je n'ai pas voulu ; je lui ai dit : « C'est le père du petit, et puis on a été neuf ans ensemble, je ne veux pas lui faire des misères. Il me doit une pension pour l'enfant. C'est tout ce que je veux de lui ».

Mais en attendant, je ne peux plus arriver. Je paie trente francs de nourrice pour le petit et trente francs de loyer. Je gagne 4 fr. 25 par jour, des fois plus, car je fais des heures supplémentaires. Ces jours-là je suis levée à quatre heures et je quitte la voiture à neuf heures du soir. Dame ! comment faire ? Il ne me reste pas cinquante sous pour manger et m'habiller. La compagnie ne paie pas la blouse. La première, elle la vend huit francs et se paie par deux retenues. Les suivantes, il faut les faire faire. Et ce qu'on use de chaussures ! Et l'entretien du petit ! A cet âge-là, çà grandit, ça coûte gros. Je paie 1 fr. 50 pour le repas de midi. Le soir, j'emporte de quoi casser la croûte, dans ce paquet-là, tenez ! Ça me remplace le dîner. Le matin, je ne mange pas. Alors, en attendant qu'on lui fasse payer une pension, si on pouvait me donner l'allocation pour moi ou mon petit, ça serait toujours ça ! »

Ainsi par le travail, la misère et la révolte se prépare l'affranchissement des femmes.

RAPATRIÉE

« Tenez, voici une rapatriée du dernier convoi. Elle est arrivée hier ».

La rapatriée est une journalière de V... Comme presque tous les rapatriés, elle a l'air un peu surpris et l'aspect de quelqu'un qui sort de convalescence et n'a pas retrouvé toutes ses forces.

Je l'interroge et bientôt elle me parle de sa vie à V... avec une sorte de demi-gaieté.

« — Aviez-vous de quoi manger?

— Oui, c'est le ravitaillement américain qui nous nourrissait. Sans ça : rien. Les Allemands réquisitionnaient tout. Ceux qui achetaient du beurre ou en vendaient avaient de la prison. Pour les pommes de terre : trois mois de prison et des amendes. D'ailleurs ce qu'on pouvait acheter était trop cher. Le sucre coûtait dix-huit francs le kilo.

— Que mangiez-vous ?

— Du riz ēt des haricots, tous les jours. Le matin du riz, le midi du riz et des haricots, le soir des haricots et du riz. Vous savez, j'en ai assez du riz. J'en ai mangé pour le restant de mes jours.

Parfois on recevait un peu de lait concentré ou de graisse. On mettait le lait avec le riz, la graisse sur le pain. C'était une fête. C'étaient les grands festins. Ça n'arrivait guère que tous les mois.

Parfois aussi on avait du lard, du gras de lard rance, on le mettait dans « la » bicarbonate de soude et puis on le mangeait avec le riz.

— C'était bon ?

— On s'y fait. Ça aidait à manger le riz.

— Vous aviez du pain ?

— Oui, 225 grammes. Mais il n'était pas bon. Il était noir et collant, ça tenait aux dents. Je plains

ceux qui avaient de fausses dents. On était obligé
de le mettre sécher dans le four.

— Jamais de la viande?

— Non, mais c'était surtout les pommes de terre
qui nous manquaient. Ah! si on avait eu des pommes
de terre! C'est ça qui me fait le plus plaisir maintenant. Ça et le pain.

— Et les Allemands?

— Ils n'étaient pas embêtants. Ils ne causaient pas.
Ils ne disaient rien à personne. Il fallait seulement
les loger. Quand nous sommes partis on a dû laisser
de la literie pour eux et aussi pour les gens qu'ils
évacuaient de la Somme. Ils ne disaient rien aux
femmes. D'ailleurs il y en avait bien assez… oui!
c'est bon!

— Avez-vous souffert?

— Oh! ce n'est pas qu'on soit malheureux. On
s'habitue. Pour la nourriture on avait de quoi vivre,
oh! pas de quoi prendre des forces, bien sûr. D'un
autre côté les Allemands nous respectaient, mais on
n'avait pas l'idée d'être en France. C'est-à-dire, on

savait bien qu'on était en France, mais enfin...
enfin, vous me comprenez...

— Oui, je vous comprends ».

LE MALHEUR

« Oui, Monsieur, voilà ce que la guerre a fait de nous. Si ça continue, il ne restera personne de la famille ».

Cette grande jeune femme maigre et qui toussote me dit cela d'une voix âpre, triste, voilée par la maladie.

Elle habitait Reims. Elle était mariée, elle avait deux enfants : un petit garçon qui venait de naître en juillet 1914 et une petite fille de deux ans. Son mari était ouvrier et gagnait sa vie convenable-ment.

Ses parents vivaient, tranquilles et laborieux, dans le calme actif des gens simples. Le père, ouvrier métallurgiste aimait bien à boire un coup, mais sans que ça aille jamais bien loin. Ils avaient encore deux enfants : un garçon de treize ans, une fille de seize.

La guerre. — Les deux hommes sont partis. Tant que les femmes ont pu, elles se sont accrochées à leur maison, sous les obus et les bombes. Elles l'ont abandonnée quand elle a été éventrée, d'un seul coup, du haut en bas, une nuit.

Alors la misère et la mort ont fait route a côté d'elles comme si l'assassinat de la maison avait été le prélude de leurs malheurs. Le mari de la jeune femme a été tué au front : le père, rappelé dans une usine, seul maintenant, se saoûle comme un misérable ; les femmes et les enfants ont d'abord été dans un petit village du Cantal, où sans doute les paysans ne sont pas plus mauvais qu'ailleurs, mais ne comprennent pas ce qu'il peut falloir de soins à de pauvres gens des villes, dont la santé médiocre est encore ébranlée par la crainte et la douleur. Rhumes, bronchites, pneumonies, leurs pauvres poumons ont tout souffert dans une grange mal close, sous un climat trop rude. Les deux enfants de la jeune femme toussent, sa sœur se meurt. Sa mère aujourd'hui même est à l'agonie, elle râle en ce moment, tuée par une laryngite tuberculeuse. Les enfants sont autour d'elle, dans une seule chambre d'un garni qu'il faudra quitter demain. Son frère travaille chez un coiffeur; mais il n'a plus la force de continuer. Elle même est entrée dans une usine. Elle se lève à quatre heures pour avoir le tramway et éviter les amendes de retard. « C'est dur, me dit-elle, c'est trop dur. Si ça continue, il n'y aura plus d'hommes, ni de femmes. Moi aussi je suis touchée, je tousse, je maigris. Si ça continue... »

Elle n'est venue que pour avoir un secours momentané et elle repart vite pour ne pas laisser sa mère mourir seule entre les cris, les toussotements des enfants et la plainte monotone de sa sœur.

« Si ça continue... ».

Il y a des moments où l'étendue et l'horreur de la misère humaine vous submergent comme les grandes houles de la mer.

TABLE DES MATIÈRES

Préface	1
Réfugiés	11
Apparition	16
Douleur	19
L'Ombre de la Mort	21
Petite Maman	24
La Recherche	28
Nativité	32
L'Impassible	37
L'Epileptique aux cent sous	39
Simple Dialogue	42
Bourgeois	45
Celles qui n'ont pas l'habitude	51
Le Mineur	57
« Tragédienne ! »	60
Ouvrière	63
La Rieuse	66
Le Retour	71
En Pays envahi	74
Roman	77
Révoltée	81
Rapatriée	84
Le Malheur	88

Imprimerie des
Deux-Collines
à Lyon.